Fin de partie

FichesdeLecture.com

FIN DE PARTIE (FICHE DE LECTURE)   **4**

I. INTRODUCTION

II. RÉSUMÉ DE LA PIÈCE

III. PRÉSENTATION DES PROTAGONISTES

Hamm

Clov

Nagg

Nell

IV. AXES D'ANALYSE DE L'OEUVRE

La question du langage

Accablement et souffrance

La peur de la solitude

L'ambiguïté de l'absurde

DANS LA MÊME COLLECTION EN NUMÉRIQUE   **11**

À PROPOS DE LA COLLECTION   **19**

Fin de partie (Fiche de lecture)

I. INTRODUCTION

Fin de partie est une pièce en un acte et en prose de Samuel Beckett (1906-1989). Elle paraît pour la première fois à Paris en 1957, aux Éditions du minuit, et est mise en scène en français, au Royal Court de Londres le 3 avril de la même année.

Beckett a essayé, sur les conseils du metteur en scène Roger Blin, de revoir sa pièce pour qu'elle soit composée de deux actes. Mais son insatisfaction vis-à-vis de ses essais a conduit à garder la version dont nous disposons encore aujourd'hui.

Comme pour *En attendant Godot,* les avis ont été partagés lors de la parution de la pièce, de nombreuses critiques reprochant à Beckett d'avoir en fait écrit la même chose. Avec le temps cependant, la pièce a pris toute son ampleur significative et les critiques ont évolué vers un avis beaucoup plus positif, à l'image des compliments d'Harold Bloom à son propos. Quoi qu'il en soit, la pièce est importante de par son minimalisme et son inscription dans la démarche de l'absurde. L'écrivain l'a écrite en français et traduite en anglais, alors même que ce n'était pas sa langue natale...

II. RÉSUMÉ DE LA PIÈCE

Il n'y a pas d'intrigue à proprement parler dans cette pièce de Beckett, dont voici le déroulement :

Le décor est simple et rudimentaire. Beckett précise qu'il s'agit d'un « intérieur sans meubles, deux fenêtres, haut perchées aux murs de droite et de gauche, une porte à l'avant-scène à droite ». Il y ajoute un « tableau retourné » accroché à un mur.

Deux personnages sont sur la scène. Clov d'abord, qui la parcourt de long en large, et qui fait office de valet et de fils adoptif au second protagoniste, Hamm. Ce dernier est aveugle et paraplégique, et il est assis dans un fauteuil placé au centre de la pièce. Il reste immobile.

Au niveau de la gauche de l'avant-scène se trouvent deux poubelles, qui contiennent les parents de Hamm, les dénommés Nagg et Nell. Ils y vivent depuis qu'ils ont perdu leurs jambes après un accident de tandem.

L'ensemble de la pièce se concentre en fait sur une très longue conversation entre Clov et Hamm, parfois interrompue par les parents, lorsque leurs têtes émergent des poubelles. La conversation est formée de répliques assez courtes, pessimistes et désespérées, comme souvent dans le théâtre de Beckett. L'ennui est palpable et petit à petit, la pénurie s'installe puisque des denrées de base et plusieurs objets viennent à manquer : les biscuits, les calmants, et même des roues de bicyclette. Les personnages, dès lors, développent une haine mutuelle qui reste pourtant contenue, car résignée.

Finalement, l'action ne passe que par les déplacements fréquents de Clov sur la scène, bien souvent déclenchés par des demandes de Hamm. Par exemple, il lui amène des objets, comme un chien en peluche.

Clov nous livre ses observations sur le monde extérieur, qu'il observe avec des jumelles et présente comme un véritable désert où tout semble avoir disparu, tout semble mort (d'ailleurs, dans la pièce en version anglaise, la réponse de Clov lorsqu'on lui demande ce qu'il voit dehors est « Zero », ce qui se passe fort bien de traduction) ; Quant à Hamm, il raconte l'histoire d'un enfant et d'un homme qu'il pourrait peut-être recueillir.

La pièce s'achève sur un monologue de Hamm, après que Clov ait quitté la scène. On se demande alors si Nell est mort, et si cette journée était vraiment « comme les autres ». Car comme Clov n'a cessé de le répéter, « quelque chose suit son cours ».

III. PRÉSENTATION DES PROTAGONISTES

Hamm

L'homme aveugle et paraplégique est également le père adoptif de Clov, qu'il utilise comme valet. Les deux personnages entretiennent une relation à la limite du sadomasochisme, très tendue, comme le montrent leurs échanges. Hamm a le contrôle sur l'ensemble des autres protagonistes, alors que paradoxalement, il ne maîtrise aucun aspect de sa propre vie et dépend en fait de Clov. Il donne sans cesse des ordres à ce dernier et réduit au silence, lorsqu'il le souhaite, les parents dans leurs poubelles.

De nombreuses critiques l'ont comparé au roi du jeu d'échecs. Tout tourne autour de lui mais, seul, il n'a aucun pouvoir.

Sa plus grande peur est que l'existence soit un cycle. En fait, c'est un personnage pétri de contradictions ; par exemple, il ne cesse de déclarer qu'il veut qu'on le laisse tranquille, mais chacune de ses paroles et de ses gestes indique qu'il s'accroche énormément à Clov.

Derrière sa façade misanthrope se cache donc un besoin désespéré d'être lié aux autres êtres humains. Depuis son enfance, la peur d'être abandonné conditionne son existence.

À cet égard, la symbolique de la lumière est constamment rattachée au personnage de Hamm. Elle symbolise l'espoir et la vie, et il est donc important de souligner qu'il la recherche en permanence. Il demande ainsi à ce qu'on l'amène à la fenêtre, afin de mieux ressentir la sensation de lumière sur son visage. On apprend également qu'il aurait privé quelqu'un de sa lumière, une certaine Pegg.

Sa cécité apparaît donc comme une malédiction, il semble parfois qu'il voudrait condamner les autres au même sort.

Clov

Clov est l'autre protagoniste de la pièce. Le fils adoptif de Hamm lui sert en réalité de valet et, malgré le fait qu'il répète vouloir quitter Hamm, il ne le fait jamais. Il lui obéit donc toute la journée, faisant des allers-retours dans la pièce pour mieux satisfaire le moindre de ses désirs, même s'il met parfois de la mauvaise volonté dans certaines de ses « missions ». Par moments, il se rebelle tout de même, essayant même de frapper Hamm de son jouet.

Clov donne l'impression d'avoir perdu quelque chose de cher à ses yeux, sans que l'on sache exactement de quoi il s'agit. Quoi qu'il en soit, on comprend aux paroles des personnages qu'à un moment donné, quelque chose de terrible s'est passé dans la vie de Clov et que Hamm a été là pour lui, devenant alors une figure paternelle aux yeux de ce dernier.

L'une des raisons pour lesquelles il s'accroche à Hamm malgré ses déclarations est que lui aussi est terrifié à l'idée de se retrouver seul. On peut
aussi avancer le fait que, derrière sa façade et ses déclarations, Clov porte
en lui quelque chose qui s'apparente à de la compassion, qui s'accroche à
l'idée que l'humanité est encore possible en ce monde.

Lui aussi craint que l'existence soit cyclique. Lui aussi tue les bêtes qui
pourraient servir à régénérer l'existence sur cette terre. On voit donc que
la répétition hante ses peurs les plus profondes et conditionne ses gestes.
Il recherche une finalité dans l'existence, et non la fusion entre un début
et une fin, annonciatrice d'un recommencement perpétuel.

Or, comme il est le seul à pouvoir bouger et observer l'extérieur afin de
voir si le monde existe toujours ou s'il s'est arrêté de fonctionner, Clov dis-
pose d'un immense pouvoir, mais dont il ne se rend pas compte vis-à-vis
des autres personnages.

Nagg

Nagg est le père de Hamm et l'époux de Nell. Il émerge parfois de sa
poubelle pour réclamer de la nourriture ou essayer en vain d'embrasser
sa femme.

Il ressemble à son fils sur de nombreux points. Comme lui, il veut être
le centre de l'attention et raconte des blagues que personne n'entend.
Malheureusement pour lui, il ne devient jamais un élément important sur scène,
et ses plaintes viennent alors illustrer la signification de son nom. En anglais,
to nag signifie « enquiquiner ». Mais on peut aussi avancer cette interpré-
tation : en allemand, Nagel désigne un clou, or « ham » en anglais signifie
« marteau »...ce qui est finalement révélateur des liens entre le père et le fils.

Bien qu'il soit a priori le personnage le plus âgé, il est aussi le plus puéril
dans son comportement.

Nagg est un personnage vulnérable et, bien qu'il ne montre que peu
de sympathie envers son fils, il tient encore énormément à son épouse :
il veut l'embrasser, lui garde la moitié d'un biscuit. À l'inverse, face à Hamm,
la relation prend un tour beaucoup plus cruel. Lorsque Hamm lui reproche
de l'avoir mis au monde, Nagg répond que s'il avait su que ce serait lui,
il n'aurait pas permis une telle naissance. Il avoue voir le jour où son fils
aura besoin qu'il l'écoute, lui ou toute autre personne d'ailleurs.

Nell

La mère de Hamm et l'épouse de Nagg paraît être la plus résignée de tous en ce qui concerne la répétition de leur routine. Son rôle est réduit, mais Nagg abandonnerait sûrement la vie sans sa femme. C'est d'ailleurs la seule touche d'amour sain dans l'ensemble de la pièce. Toutefois, elle est amenée à mourir.

De nombreux détails montrent par son comportement qu'elle a baissé les bras et accepté son existence. Les autres tiennent en remplaçant l'espoir par la cruauté, mais ce n'est pas dans sa nature.

IV. AXES D'ANALYSE DE L'OEUVRE

La question du langage

Régulièrement au cours de la pièce, Clov demande à Hamm ce qui le retient, ce qui l'empêche de partir, ce à quoi répond à un moment donné ce dernier : le dialogue.

Le langage, la conversation est fondamentale dans la pièce de Beckett, en particulier parce qu'il n'y a pas d'intrigue à proprement parler ; les mots doivent prendre le relais de l'absence d'action.

Le dialogue est la manière qu'ont trouvée les personnages de ne pas abandonner. Il est souvent utilisé pour exprimer du mépris ou de la cruauté, mais représente bien un moteur de vie et d'espoir dans la perspective de la pièce.

La langue utilisée n'est cependant pas commune, elle est théâtrale. Les personnages parlent parce qu'ils sentent qu'ils doivent parler, n'ont pas parce qu'ils en ont envie. Ils jouent sur scène, non pas pour le public, mais surtout pour eux-mêmes. C'est pour cela que le dialogue chez Beckett est si particulier. Déjà, il ne sert aucune action, mais il est en plus décousu et souvent entrecoupé de silences, d'où la réitération fréquente de la didascalie « un temps ».

De plus, même les personnages reconnaissent la fondamentale inutilité du langage dans leur situation, ce que l'on voit bien dans cet échange entre Hamm et Clov :

Hamm : « On n'est pas en train de... de... signifier quelque chose ?

Clov – Signifier ? Nous, signifier ! (rire bref). Ah elle est bonne ! »

Et l'attente se poursuit...

Accablement et souffrance

Les personnages et le public sont coincés dans un moment présent qui n'en finit pas de stagner, de ne pas évoluer, soulignant ainsi un accablement patent et pur.

C'est peut-être pour cela que les personnages ruminent autant leur passé : ils sont désormais coincés dans une absence de temps.

La parole sert donc à combler le vide : « Puis parler, vite, des mots, comme l'enfant solitaire qui se met en plusieurs, deux, trois, pour être ensemble, et parler ensemble, dans la nuit ».

D'où les échanges, donc, entre les personnages souffrants ; mais on assiste aussi à des subdivisions internes aux protagonistes : « A quoi est-ce que je sers ?'/ « A me donner la réplique »).

Malgré cette monotonie qui devient insoutenable, on entend parfois un « quelque chose suit son cours », comme un symbole minuscule d'espoir. Mais l'évolution est trop imperceptible pour être crédible. Même le langage perd sa force : « Hier ! Qu'est-ce que ça veut dire, Hier » ?

À cela, Clov répond : « J'emploie les mots que tu m'as appris. S'ils ne veulent plus rien dire apprends-m'-en d'autres. Ou laisse-moi me taire ». Cette réplique est révélatrice du désespoir profond des personnages.

La souffrance est un thème récurrent chez Beckett, puisque dans toute son œuvre, tous les personnages sont porteurs d'une souffrance.

Beckett lui-même a connu une forte période de dépression vers ses vingt-cinq ans ; et il a lu avec attention l'œuvre de Schopenhauer et sa théorie d'un monde construit sur la souffrance.

Les désirs devraient donc être combattus pour ne pas provoquer plus de souffrances. Mais sous quelle forme ?

La peur de la solitude

Aux yeux des personnages, l'isolement est une menace permanente et terrifiante. C'est d'ailleurs l'une des raisons pour lesquelles Clov ne délaisse pas Hamm.

D'un certain point de vue, on a parfois l'impression qu'il y a une sorte de compétition entre les personnages, qui cherchent à savoir qui est le plus isolé de la famille.

La solitude et l'abandon sont donc à la fois une peur, une illusion mais aussi un instrument de menace envers les autres.

L'ambiguïté de l'absurde

Beckett est souvent classé dans le « théâtre de l'absurde ». Mais il était dérangé par cette étiquette, car elle sous-entendait qu'il avait une conception définie de l'existence (à savoir que la vie est absurde).

Or pour Beckett, la chose importante est justement que nous ne savons pas si la vie est absurde, ou si elle l'est.

C'est pour cela que *Fin de partie* utilise de nombreux éléments d'absurde, notamment dans l'humour, sans pour autant en tirer des conclusions claires.

On y trouve ainsi des personnages dans des poubelles, ou des répliques absurdes à souhait. Quant à savoir ce qu'en pensent les personnages, ils paraissent affirmer qu'à cet instant précis de la pièce, la vie est absurde.

Dans la même collection en numérique

Les Misérables
Le messager d'Athènes
Candide
L'Etranger
Rhinocéros
Antigone
Le père Goriot
La Peste
Balzac et la petite tailleuse chinoise
Le Roi Arthur
L'Avare
Pierre et Jean
L'Homme qui a séduit le soleil
Alcools
L'Affaire Caïus
La gloire de mon père
L'Ordinatueur
Le médecin malgré lui
La rivière à l'envers - Tomek
Le Journal d'Anne Frank
Le monde perdu
Le royaume de Kensuké
Un Sac De Billes
Baby-sitter blues
Le fantôme de maître Guillemin
Trois contes
Kamo, l'agence Babel
Le Garçon en pyjama rayé
Les Contemplations

Escadrille 80

Inconnu à cette adresse

La controverse de Valladolid

Les Vilains petits canards

Une partie de campagne

Cahier d'un retour au pays natal

Dora Bruder

L'Enfant et la rivière

Moderato Cantabile

Alice au pays des merveilles

Le faucon déniché

Une vie

Chronique des Indiens Guayaki

Je voudrais que quelqu'un m'attende quelque part

La nuit de Valognes

Œdipe

Disparition Programmée

Education européenne

L'auberge rouge

L'Illiade

Le voyage de Monsieur Perrichon

Lucrèce Borgia

Paul et Virginie

Ursule Mirouët

Discours sur les fondements de l'inégalité

L'adversaire

La petite Fadette

La prochaine fois

Le blé en herbe

Le Mystère de la Chambre Jaune

Les Hauts des Hurlevent

Les perses

Mondo et autres histoires

Vingt mille lieues sous les mers

99 francs

Arria Marcella

Chante Luna

Emile, ou de l'éducation

Histoires extraordinaires

L'homme invisible

La bibliothécaire

La cicatrice

La croix des pauvres

La fille du capitaine

Le Crime de l'Orient-Express

Le Faucon malté

Le hussard sur le toit

Le Livre dont vous êtes la victime

Les cinq écus de Bretagne

No pasarán, le jeu

Quand j'avais cinq ans je m'ai tué

Si tu veux être mon amie

Tristan et Iseult

Une bouteille dans la mer de Gaza

Cent ans de solitude

Contes à l'envers

Contes et nouvelles en vers

Dalva

Jean de Florette

L'homme qui voulait être heureux

L'île mystérieuse

La Dame aux camélias

La petite sirène

La planète des singes

La Religieuse

1984 A l'Ouest rien de nouveau

Aliocha

Andromaque

Au bonheur des dames

Bel ami

Bérénice

Caligula

Cannibale

Carmen

Chronique d'une mort annoncée

Contes des frères Grimm

Cyrano de Bergerac

Des souris et des hommes

Deux ans de vacances

Dom Juan

Electre

En attendant Godot

Enfance

Eugénie Grandet

Fahrenheit 451

Fin de partie

Frankenstein

Gargantua

Germinal

Hamlet

Horace

Huis Clos

Jacques le fataliste

Jane Eyre

Knock

L'homme qui rit

La Bête humaine

La Cantatrice Chauve

La chartreuse de Parme

La cousine Bette

La Curée

La Farce de Maitre Pathelin

La ferme des animaux

La guerre de Troie n'aura pas lieu

La leçon

La Machine Infernale

La métamorphose

La mort du roi Tsongor

La nuit des temps

La nuit du renard

La Parure

La peau de chagrin
La Petite Fille de Monsieur Linh
La Photo qui tue
La Plage d'Ostende
La princesse de Clèves
La promesse de l'aube
La Vénus d'Ille
La vie devant soi
L'alchimiste
L'Amant
L'Ami retrouvé
L'appel de la forêt
L'assassin habite au 21
L'assommoir
L'attentat
L'attrape-coeurs
Le Bal
Le Barbier de Séville
Le Bourgeois Gentilhomme
Le Capitaine Fracasse
Le chat noir
Le chien des Baskerville
Le Cid
Le Colonel Chabert
Le Comte de Monte-Cristo
Le dernier jour d'un condamné
Le diable au corps
Le Grand Meaulnes
Le Grand Troupeau
Le Horla
Le jeu de l'amour et du hasard
Le Joueur d'échecs
Le Lion
Le liseur
Le malade imaginaire
Le Mariage de Figaro
Le meilleur des mondes

Le Monde comme il va

Le Parfum

Le Passeur

Le Petit Prince

Le pianiste

Le Prince

Le Roman de la momie

Le Roman de Renart

Le Rouge et le Noir

Le Soleil des Scortas

Le Tartuffe

Le vieux qui lisait des romans d'amour

L'Ecole des Femmes

L'Ecume Des Jours

Les Bonnes

Les Caprices de Marianne

Les cerfs-volants de Kaboul

Les contes de la Bécasse

Les dix petits nègres

Les femmes savantes

Les fourberies de Scapin

Les Justes

Les Lettres Persanes

Les liaisons dangereuses

Les Métamorphoses

Les Mouches

Les Trois mousquetaires

L'étrange cas du Dr Jekyll et de Mr Hyde

L'Ile Au Trésor

L'île des esclaves

L'illusion comique

L'Ingénu

L'Odyssée

L'Ombre du vent

Lorenzaccio

Madame Bovary

Manon Lescaut

Micromégas
Mon ami Frédéric
Mon bel oranger
Nana
Ne tirez pas sur l'oiseau moqueur
Notre-Dame de Paris
Oliver twist
On ne badine pas avec l'amour
Oscar et la dame rose
Pantagruel
Le Misanthrope
Perceval ou le conte du Graal
Phèdre
Ravage
Roméo et Juliette
Ruy Blas
Sa Majesté des Mouches
Si c'est un homme
Stupeur et tremblements
Supplément au voyage de Bougainville
Tanguy
Thérèse Desqueyroux
Thérèse Raquin
Ubu Roi
Un Barrage contre le Pacifique
Un long dimanche de fiançailles
Un secret
Vendredi ou la vie sauvage
Vipère au poing
Voyage au bout de la nuit
Voyage au centre de la terre
Yvain ou le Chevalier au lion
Zadig

À propos de la collection

La série FichesdeLecture.com offre des contenus éducatifs aux étudiants et aux professeurs tels que : des résumés, des analyses littéraires, des questionnaires et des commentaires sur la littérature moderne et classique. Nos documents sont prévus comme des compléments à la lecture des oeuvres originales et aide les étudiants à comprendre la littérature.

Fondé en 2001, notre site FichesdeLectures.com s'est développé très rapidement et propose désormais plus de 2500 documents directement téléchargeables en ligne, devenant ainsi le premier site d'analyses littéraires en ligne de langue française.

FichesdeLecture est partenaire du Ministère de l'Education du Luxembourg depuis 2009.

Plus d'informations sur www.fichesdelecture.com

ISBN: 978-2-511-02906-0

Notes :